Siempre te amaré

Giovani D Alameda

Reservados todos los derechos. No se permite la reproducción total o parcial de esta obra, ni su incorporación a un sistema informático, ni su transmisión en cualquier forma o por cualquier medio (electrónico, mecánico, fotocopia, grabación u otros) sin autorización previa y por escrito de los titulares del copyright. La infracción de dichos derechos puede constituir un delito contra la propiedad intelectual.

El contenido de esta obra es responsabilidad del autor y no refleja necesariamente las opiniones de la casa editora. Todos los textos e imágenes fueron proporcionados por el autor, quien es el único responsable por los derechos de los mismos.

Publicado por Ibukku, LLC
www.ibukku.com
Diseño y maquetación: Índigo Estudio Gráfico
Copyright © 2022 Giovani D Alameda
ISBN Paperback: 978-1-68574-149-5
ISBN Ebook: 978-1-68574-150-1
LCCN: 2022910449

Cualquier cosa nos podría pasar en este mundo. Los días pueden ser comunes, nosotros no podemos saber nada hasta el momento en que nos sucede. Y aun así dependiendo de lo que nos suceda podría ser que no entendamos la situación si alguien llegara y te dijera que tú viviste una vida pasada con esa persona. lo más seguro es que no le creyeras, pero algo sí es casi seguro, le dirías: "estás loco o loca". Así empieza esta historia: Meni caminando con su guitarra y flauta en mano por las calles de una ciudad fronteriza con otro país, llena de turistas, vendedores, estafadores y músicos... Buscando donde tocar su música para vivir y sacar un poco de dinero alguien lo invito a un bar restaurante y sin pensarlo entró, sin imaginarse que allí conocería a la otra mitad de su vida, a su alma gemela. Nunca se imaginó que su forma de vivir cambiaría por completo, no era el lugar, era el destino que los estaba tratando de unir. Sus energías perdidas se encontrarían por primera vez, a uno lo afectaría, al otro no.

Esto va más allá de enamorarse, porque ellos ya traían el amor de tiempo atrás, sin saberlo. El amor puede tocar a nuestra puerta en cualquier momento y decirnos "yo te conozco" y nos hablará con una certeza, realidades, o con una irrealidad. A la vez nos dejará sin aliento y como si sintiéramos por dentro algo similar al paso de la luz eléctrica o sintiéramos una fuerza que nos jalara hacia aquella persona y no pudiéramos evitarlo. Qué cosa más difícil podríamos vivir.

Fernando, hijo del dueño del bar restaurante, al ver a Meni pasar por el frente con sus instrumentos, lo invita a pasar a tocar su música:

—¿Qué tal, amigo?, me llamo Fernando, veo que traes contigo una guitarra y una flauta, se mira muy interesante, ¿eres músico?

—Sí, soy músico y esta flauta se llama zampoña, originaria del altiplano andino, me dedico a tocar esta música.

—Muy interesante, ¿qué te parece si vienes a tocar aquí más tarde?, el dueño de este lugar es mi papá, es una buena persona, le encanta la música y yo creo que a los turistas les va a encantar también. Si puedes regresar más tarde, yo le voy a hablar de ti para que puedas tocar aquí, ¿te parece?

—Sí, claro, yo regreso en un par de horas, mientras, tú le comentas a tu padre. Aquí estaré, ¿ok?

—Aquí te espero, ¿y cómo te llamas?

—Me llamo Manuel, me dicen Meni.

—Ok. Meni, te veo más tarde.

Meni tenía mucho talento para tocar sus instrumentos, asombró a turistas y trabajadores por la forma en que interpretaba.

—Esto está muy bien, Meni —le dijo Fernando—, dominas dos instrumentos a la vez, perfecto, los clientes están muy satisfechos, felicidades. Después me cuentas cómo haces para dominar dos instrumentos, muy bien afinados y muy bien coordinados. Por lo pronto, sigue tocando que esto se oye muy bien.

La gente le pedía canciones y le compraba su música, que él traía ya grabada.

—Oye, amigo, eso está muy bien, véndeme tu música y toca otra canción, por favor.

Mientras, otro cliente le pedía otra canción.

—Oiga, amigo, ¿podría tocar *El cóndor pasa*, por favor?

—Claro, esa pieza es muy bonita, por cierto, es del Perú —respondió Meni.

Mientras se las dedicaba a todos, la gente no dejaba de gratificarle con buenas propinas.

Y así siguió tocando Meni su música en ese lugar constantemente, pero había algo que lo inquietaba, él no sabía qué era y se preguntaba.

—Cada vez que vengo a este lugar hay algo que me incomoda. No sé qué será, ¿serán las cervezas que me estoy tomando? ¿O a alguien le gusto y no me doy cuenta? En fin, podría ser que toco un poco desafinado o cuando canto es como si le aullara a la luna.

En momentos volteaba a ver a la gente que se encontraba en el bar, por la inquietud que sentía, pero seguía igual. En ese mismo lugar conoció a varios músicos especialmente a uno de ellos, que más adelante les diré el porqué de lo especial de ese músico. Era todo un trovador, alcohólico, fumador, quizás drogadicto, con una sonrisa que lo distinguía de los demás. Su nombre es Esteban. Meni hizo amistad con Esteban, como con cualquier músico. En algunos momentos tocaban juntos músicos, trovadores y alcohólicos.

—Oye, Esteban.

—¿Qué pasa, Meni?

—Siento que tú y yo somos de la misma familia. ¿Será porque somos músicos?—Es porque somos músicos, borrachos y locos, y un poco más. Ese es el parentesco familiar que tenemos, ¿qué te parece?

—Qué gran parentesco tenemos, deberíamos anunciarnos en radio, periódicos, televisión y todos los medios de comunicación, mi hermano, esto es insólito.

Y Meni pensaba:

"Me simpatiza mucho Esteban, creo que llegaremos a ser buenos amigos y, si no, por lo menos a ser unos buenos conocidos".

—¿En qué piensas, Meni? —le preguntó Esteban.

—En que somos buenos músicos, ¿o no?

—Sí, tal vez lo somos, un par de escandalosos que tocan y aúllan, ja, ja, ja…

—Me gustó lo de aullar.

Y así fue, solo hicieron un poco de amistad. Meni en momentos pensaba por qué le simpatizaba tanto Esteban. Era como si Esteban tuviera algo que Meni necesitara y en otros momentos se sentía incómodo al estar junto a él.

"Siento que Esteban tiene algo que yo necesito, ¿qué será?", pensaba Meni. "¿O acaso es mejor músico que yo? ¿O canta mejor que yo? ¿O de plano él es gordo y yo soy flaco?, ¿estaré enamorado de él? No creo, no me gustan los hombres y menos panzones, ja, ja, ja… qué malo soy, en fin".

Pasaron semanas y Meni siguió tocando su música en el lugar. Hasta que un día la hija de

Esteban, Denis, entró al restaurante a saludar a su papá. Era una joven guapa, madre soltera, que más podría yo expresar de una mujer así. Meni la vio por un momento, se quedó viéndola como si ya la conociera. Trataba de disimular, pero no podía. Con perdón de ustedes, parecía una vaca babosa, era como un gran imán atrayendo a un metal. La miraba una y otra vez sintiendo algo extraño, ¿sería amor? Claro, era amor, pero había algo más que eso. Lo iremos conociendo a lo largo de la historia. Por lo pronto, regresemos con Meni.

"No sé qué tiene esta mujer que no puedo dejar de verla", pensaba. "Siento algo raro, ¿qué será? Ni siquiera la conozco. Es guapa, claro, pero hay algo más. ¿Qué me atrae de ella?, ¿o son solo mis nervios? Deben de ser mis nervios". En eso Meni gritó:

—Ay, no me puede estar pasando esto, es la cerveza. Tiene que ser la cerveza o alguien me está hechizando. Hay demasiado smog, ya no vuelvo a tomar tequila, a comer frijoles, besar al gato ni convivir con borrachos. Siento como si ya la conociera de tiempo atrás y no sé qué más siento. Pero esto no me puede estar pasando.

Y en eso un cliente del bar le pide una canción y a la vez le pregunta:

—Amigo, ¿qué tiene? Acaba de gritar.

—Nada, solo estoy pensando en voz alta.

—No piense tanto, y aparte lo noto muy nervioso.

—Sí, ha de ser el clima o quizás la cerveza.

—Ya no piense tanto, qué le parece si toca algo agradable, muy agradable para nuestros oídos.

—Sí, claro, voy a tocar algo muy bonito.

Meni tocaba su música lo mejor que podía hacerlo, pero a la vez no podía quitar la mirada a Denis. Ese día tomó bastante alcohol. Denis, por su parte, estaba ajena a lo que pasaba con él. Ella siguió yendo al bar restaurant a visitar a su papá. Hasta que un día Meni, con unas cervezas encima, tomó su guitarra y fue hasta donde estaban Esteban y su hija Denis y dijo:

—Esteban, con tu permiso, le voy a cantar una canción a tu hija. Discúlpame, pero me gusta esta canción para ella con tu permiso.

Y Esteban le contestó un poco molesto:

—Sí, está bien.

Meni haciendo un poco el ridículo decía:

—Esta canción se llama *Esclavo y amo* y es muy bonita. Así como tú, pero qué digo bonita, hermosa, bella, caramba. Qué más podría yo decir frente a una hermosa como tú. Pero para qué hablo más, mejor la canto.

Al terminar Meni se disculpó y se retiró. Al otro día se acordó de lo que había hecho y un poco avergonzado y pensando en ella empezó a componerle una canción y se dijo:

"¿Qué estoy haciendo?, ¿por qué le estoy componiendo una canción a Denis? No es mi novia, ni amiga ni amante. Ay, pero cuando la veo siento algo tan hermoso, entonces voy a seguirle componiendo su canción y algún día se la daré, eso creo".

Lo que Meni no sabía es que había algo más de lo que podía él imaginarse. Y al otro día como cualquier otro, o casi como cualquier otro, llegó al bar y allí estaba ella.

"Oh, Dios mío", se dijo Meni. "

Siento como si a esta mujer ya la conociera de tiempo atrás. Como si hubiéramos vivido en otra vida, creo que la amo. Y no sé por qué. Ya le canté una canción estando borracho y nada más hice el ridículo y ahora, ¿qué voy a hacer?, ¿ponerme a ladrar como perro o aullar como lobo?, mejor me voy a otro bar y así no la veo, por lo menos hoy".

Y así fue que visitó otro bar y se encontró con unos amigos y les comentó lo que estaba pasándole:

—Sepan, amigos, que estoy enamorado, y lo peor es que a esa persona apenas la conozco y solamente sé su nombre.

—Creo que el Meni se volvió loco completamente —dijo uno de sus amigos.

—No se ha vuelto loco, eso se llama amor a primera vista.

—Yo creo que deberías ver a un psiquiatra.

—No estoy loco ni quiero visitar un psiquiatra —les respondió Meni—, solo sé que siento algo que nunca había sentido, ¿será amor?

—No puedes estar enamorado de alguien que no conoces.

—Eso mismo digo yo, pero cuando la veo siento cosquillas en el estómago y algo más que no puedo explicar.

Sus amigos se burlaban:

—Qué bárbaro. Esto es algo muy serio y deberías ver a un chamán —dijo uno.

—No, ya sé que es lo que tiene, se llama amor de lejos —agregó otro.

—No, eso es cuando una pareja se ve muy poco, se dice.

—¿Amor de lejos?, lo que él tiene es amor alucinado.

—Estoy enamorado y ni siquiera conozco a asa persona —insistió Meni.

—Mira nada más lo que hace el alcohol —dijo uno de sus amigos.

—En verdad Meni está enamorado —dijo entonces otro amigo más consciente— y espero que lo que a él le pasa no le pase a ninguno de ustedes, yo creo que ya basta de burlas y sigamos disfrutando de estas cervezas.

—Yo creo que sí, algún día a alguien de nosotros podría pasarle lo mismo —respondió otro.

Y así siguieron parte de la noche. Algunos se burlaban, otros solo callaban y trataban de comprender. Continuando con nuestra historia, el tiempo pasó. Un día, sin avisar, Denis desapareció completamente. No volvió a saber de ella por un tiempo y Meni se preguntaba qué habría pasado con ella, en dónde estaría.

"Hubiera sido mejor que le expresara mis sentimientos", pensaba. "A lo mejor si le hubiera dicho no me hubiese creído, no sé por qué no le pedí que fuera mi novia. Creo que me acobardé, pero le compuse una canción y lo peor fue que no se la canté, qué tonto".

Pasaron algunos años y el sentir que tenía por ella al parecer se fue borrando; él pensaba en ella de vez en cuando y se preguntaba por qué tenía ese sentir. Un día se encaminó a un restaurante muy conocido y se encontró con el dueño del lugar, Lino.

—Hola, Meni, ¿cómo has estado? Qué bueno que te veo.

—Muy bien, Lino, ¿y tú cómo estás? Dime para qué soy bueno.

—Desde hace tiempo quería verte y preguntarte si te gustaría ir a tocar tu música al otro restaurante que tenemos fuera de esta ciudad, ¿qué te parece?

—Claro que sí me gustaría, solamente dime cuándo y voy para allá.

—Muy bien, solo déjame hablar con mi socio Marcos y este fin de semana seguro estarás tocando allá, ¿ok?

—Se me hace muy bien ir a tocar mi música a otro lugar fuera de la ciudad, conocer nuevas personas, ver nuevas caras y quizás conocer una chica, ¿por qué no?, en fin.

—Voy a hablar con Marcos y platicarle de ti. Este fin de semana estarás tocando tu música en ese lugar y te van a pagar bien, yo les voy a pedir que te dejen hospedarte en su casa para que no pagues hotel. Marcos tiene una casa bastante grande. Allí puedes hospedarte, ¿qué te parece?

—Uuff … eso está de lujo, salir un poco de la rutina de siempre. Coméntale a Marcos y estaré tocando este fin de semana en esa ciudad;

dile que soy todo un artista y si hay una muchacha bonita que me la presente y yo me encargo de enamorarla.

—Eres todo un campeón y créeme que en ese lugar vas a conocer bastantes mujeres hermosas, como no tienes idea, pero lo principal es que vayas a tocar y ganes un buen dinero.

—Claro, esa es la intención, pero conquistar una chica por allá no estaría mal, haré mis arreglos, prepararé mis cosas y estaré listo para el fin de semana, ¿qué te parece?

—Oye, no se te olvide llevar tu flauta.

—Claro que no, esa es la parte principal, olvidar mi flauta es como si olvidara ponerme calzones o como olvidar que me gustan las mujeres, peor, como olvidar que me llamo Meni.

Y así fue como Lino se comunicó con Marcos.

—Hola, Marcos, te tengo una buena noticia.

—¿Qué tal, Lino?, de verdad que hace mucho no me das buenas noticias.

—Lo que pasa es que conozco a un músico muy bueno que toca dos instrumentos a la vez, ¿qué te parece?

—De verdad que eso sí es noticia, me imagino que estás pensando mandarlo a mi restaurante y eso me suena estupendo.

—Claro, adivinaste, toca muy bien esta persona y a tus clientes les va a gustar bastante, ¿qué te parece si te lo mando este fin de semana?—Me suena formidable tener tocando a dos músicos en uno solo, pero tengo un pequeño problema.

—¿Cuál es? —preguntó Lino.

—Tengo tocando los fines de semana a un tecladista con su hija, pero creo que los descansaré algunas semanas para que tu amigo venga a tocar su música, ¿qué te parece?

—Formidable y de paso lo alojas en tu casa, ¿habrá un problema con eso?

—No, claro que no lo hay; mándamelo este fin de semana y aquí lo recibo.

—Así será, te lo mando este fin de semana, te vas a quedar sorprendido de cómo toca su música.

—Mándamelo y vamos a ver qué pasa, ¿ok?, estamos en contacto.

Y así sucedió. Ese fin de semana Meni fue a tocar su música al restaurante. Gustó bastante a la gente, pero al que no le gustó fue al tecladista, a Esteban, el músico padre de Denis. Pero Meni no lo sabe. Esteban se mostró muy disgustado porque le suspendieron el trabajo de tocar su música los fines de semana para que Meni tocara en su lugar. Esteban se disgustó tanto que empezó a hablar mal de Meni.

—Me gustó mucho tu música —le dijo Marcos a Meni después de oírlo tocar—, y aparte tienes mucho talento; me imagino que llevó bastante tiempo poder tocar de esa forma y ejecutar con tanta precisión tu música con dos instrumentos a la vez, tú si eres dos en uno.

—Sí, ya tengo mucho tiempo tocando dos instrumentos —respondió Meni—. Es algo que se me dio no sé cómo, pero así fue y a la gente le gusta y se me hace algo muy hermoso.

—Pues sí que es algo muy hermoso. Quisiera comentarte que el tecladista que toca y canta con su hija Denis dice que te conoce.

—¿Te refieres a Esteban y su hija?, ¿una muchacha delgadita y muy guapa?

—Sí, creo que son ellos, ¿los conoces?

—Qué raro, no sabía que su hija cantaba, ¿ellos son tus músicos de este lugar? Conozco a Esteban desde hace tiempo, muy buen músico. Me imagino que su hija debe cantar muy bien.

—Sí, tocan y cantan muy bien —le dijo Marcos—. El único problema es que a Esteban no le gustó que lo descansara para que tú vinieras a tocar y, a decir verdad, ha hablado muy mal de ti y eso me molesta mucho.

—¿De verdad?, ¿y qué fue lo que dijo? Ya me imagino. Dijo que soy homosexual, que tengo sexo sin condón, que me pongo "mariguano" todos los días, que soy borracho y loco, que tengo diez hijos y no los mantengo, etc.— Sí que eres gracioso, pero no dijo nada de eso. Solo se expresó mal de ti, muy mal, a decir verdad, no me gustó que hablara mal de ti. Eso no es de caballeros y no tiene ningún derecho a hacer eso. Creo que Esteban está muy mal, ¿no te parece?

—Sí, creo que no tiene derecho y creo que esto se está volviendo un problema, sería mejor que les devolvieras el trabajo y yo me retiraría por lo menos un tiempo. Muy probablemente dejaría Esteban de hablar mal de mí. Creo que eso sería lo mejor.

—No, yo fui el que le quitó el trabajo a Esteban, tú no le has quitado nada, no te sientas mal por eso, él debe de sentirse mal por lo que ha dicho.

—Está bien, si así quieres, que esto siga, así será. Solo espero que Esteban se calme un poco.

Pero a la siguiente semana Meni no se presentó en el restaurante, solo se comunicó con Marcos para avisarle que ya no iría más a ese lugar a tocar. Por su parte, Meni se había sentido un poco mal por el incidente que Marcos había provocado.

—Hola, Marcos, ¿cómo has estado durante estos últimos días? Espero que muy bien, porque yo me encuentro de maravilla, mi hermano, y aquí comunicándome contigo para hacerte saber que ya no voy a tocar en tu restaurante, por lo menos durante una temporada. Mientras Esteban se calma un poco, espero que no me lo tomes a mal.

—Hola, Meni —le respondió Marcos—, mira, esto es una gran sorpresa, no me lo esperaba, ¿has tomado esta decisión por lo de Esteban? No deberías hacer eso, él puede decir lo que quiera, no tiene por qué afectarte y mucho menos dejar el trabajo tan repentinamente.

—Es verdad, pero prefiero retirarme por lo que está sucediendo con Esteban; dejaré el trabajo no sea que vaya a pasar un problema más grande de lo cual podamos arrepentirnos. Será mejor retirarme y posiblemente con tu permiso pueda regresar otra vez a trabajar cuando las cosas se tranquilicen un poco y no esté esta tensión tan alta.

—Está bien, Manuel, si así lo has decidido, que así sea y recuerda cuando quieras volver a trabajar con tu música en este lugar, las puertas estarán abiertas para ti. Ya que eres un gran músico y creo que la gente va preguntar por ti, te deseo lo mejor y cuídate mucho, espero verte pronto.

Y así sucedió. Meni no volvió a tocar en ese lugar por algún tiempo. Nuestro gran enamorado no pudo verse con Denis en esos días. Y un día sin pensarlo y sin invitación Meni fue a tocar al restaurante; improvisadamente llegó allí para ejecutar su música, todo salió a la perfección. En ese momento Esteban y Denis se presentaron a tocar en el restaurante. Fue cuando Meni, después de tanto tiempo, volvió a ver a Denis. Empezó a experimentar esa sensación que lo hacía sudar, algo muy raro, veía visiones y se dijo a sí mismo:

"No sé qué me pasa, al ver a esta mujer otra vez me siento raro. La veo como si fuera mi esposa o tal vez parte de mi vida. Una sensación muy rara; ay, trágame, tierra, o que alguien me diga qué está pasando. Ya no tomo bebidas alcohólicas, voy a la iglesia en vez en cuando".

Al acercarse a la mesa Meni, Marcos lo notó muy raro y le preguntó:

—¿Qué te pasa, Meni? Te veo raro y sudando. ¿Te sientes bien?, ¿te hicieron mal los chilaquiles? Te veo como idiotizado. No has tomado alcohol, ¿verdad? Tú mismo me dijiste que ya no tomas bebidas alcohólicas.

—Estoy bien, eso creo, tal vez un poco cansado y si estoy sudando es porque a veces sudo, yo creo que es normal o a lo mejor me hicieron mal los chilaquiles que me acabo de comer. Pero estaban muy sabrosos. Y aparte, anoche no dormí bien y estuve soñando con una mujer que me hacía el amor intensamente y me besaba con una gran pasión y en eso desperté y era mi gato que me estaba lamiendo la cara.

Le costaba mucho trabajo disimular y a la vez trataba de no voltear a ver a Denis. Era como un imán que le jalaba la cabeza hacia donde estaba ella, sentía unas ganas de abrazarla, besarla, decirle "te amo", pero cómo decirle a alguien tal cosa cuando de seguro ella no lo comprendería porque no sentía lo que Meni siente. Ni él mismo comprendía lo que estaba pasando, era como vivir un sueño y a la vez estar despierto. Era algo hermoso y a la vez una pesadilla lo que él está viviendo. En ese momento se le acercó el papá de Denis y le preguntó:

—Hola Meni, ¿cómo estás? Te noto un poco distraído y un poco nervioso y también estás sudando o creo que estás sudando.

—Estoy bien, y si estoy sudando es por el calor que está haciendo, pero no pasa nada, solo es el clima, ¿qué más podría ser?

—Deberías irte a descansar si no te sientes bien —recomendó Esteban—. Ya tocaste un bu<ste hombre es muy extraño. Que le da diarrea, que olvida cosas, los elevadores le dan pánico, sale corriendo como si estuviera en-

trenando para las olimpiadas, vaya persona y sigo diciendo qué extraño es. Pero algo me pasó al momento de abrazarlo, sentí una sensación muy rara y a la vez muy rica, nunca había sentido algo así, a decir verdad, todavía la siento, ¿qué sería?, ¿o será que este músico loco y vago me está gustando? Es guapo, pero nada más o será porque es extraño ha de ser eso. Qué cosa tan grotesca me acaba de pasar y a la vez muy rica, me gustaría que se repitiera esa sensación tan agradable, me gustó. Pero creo que a Meni no le gustó nada, salió corriendo, ese hombre loco, cuándo lo volveré a ver y que me abrace; no, de ninguna manera, yo lo voy a abrazar, me gustó y espero que cuando lo vuelva a abrazar no se ponga a gritar o me diga que tiene diarrea o salga corriendo, en fin, pero qué rico, quiero la repetición".

Ella no sabía que Meni le había pasado sin querer una chispa de energía y eso era lo que Denis estaba sintiendo, solo era una muy pequeña chispa y eso no era suficiente para que ella se diera cuenta de la situación de los dos. Ante este incidente que le sucedió Meni sintió más ganas de ir a sus clases de control de energías, no faltaba a ninguna. No quería que le volviera a suceder lo mismo y desde luego su instructor se dio cuenta de lo dedicado que estaba este alumno suyo.

—Te veo muy dedicado —le dijo Mercurio al verlo—, dime, ¿te ocurrió algo con esa persona? Platícame, tú sabes que te puedo ayudar, si no me dices algo de lo que te está pasando no te puedo ayudar.

—Sí, me sucedió algo y esta vez fue horrible, la cosa más horrible que me haya pasado en toda mi vida.

—¿De verdad, pero cuándo ocurrió eso? ¿Te acercaste a ella? Si así fue ya sabías que no deberías acercarte sino a una distancia no menor a 50 metros.

—Me la encontré en un elevador y me abrazó cuando la luz se apagó y el elevador se detuvo; por un momento sentí las energías tan fuertes, de una forma tan horrible, que empecé a gritar como loco, y en cuanto el elevador se abrió salí corriendo. Esto es lo peor que me ha pasado en mi vida.

—Fue fenomenal e impactante para ti y fuera de órbita. Dos energías impactando en un solo cuerpo, quisiera tener esa experiencia y poderlo vivir para contarlo.

—Claro, se le hace bonito salir corriendo gritando como loco. Sentía que mi cuerpo lo estaban electrocutando y a la vez un rollo de película antigua pasando por mi cabeza, solo me falto un director de cine, para que me dijera "luces, cámara, acción". Y también que llegaran los de la comisión de electricidad y me dijeran "le vamos a cortar la luz por exceso".

—Te repito: quisiera tener esa experiencia, créeme, esto es algo único, muy probablemente exista un caso entre cada millón de personas o tal vez más. Esto es impresionante, siéntete único, en realidad siéntete orgulloso, eres un caso que yo nunca había tenido, de verdad esto es excitante, dos energías que se perdieron en el pasado y se vienen a encontrar en el presente. Déjame adivinar: eran como cien voltios corriendo por todo tu cuerpo y ella sin poder sentir nada y aparte una película pasando por tu mente; quisiera yo sentirlo Meni, eres un caso único y espero tenerte por mucho tiempo aquí conmigo.

—Podría ser un caso único —dijo Meni—, pero créame que no quiero volver a sentirlo. No se imagina lo feo que se siente esa electricidad corriendo por el cuerpo. Y sentir amor por una persona y a la vez no poder tocarla y peor aún, que ella no sienta nada esto, sí es de locos.

—Tranquilo, muchacho, no sabemos qué pueda pasar a futuro, el curso de la vida podría cambiar, imagínate que ella empezara a sentir lo que tú sientes. Los papeles quizás se voltearían y quizás ella te perseguiría a ti. Por lo pronto, aprende a controlar tus energías y podrás controlar las de ella. Animo, piensa que todo podría ser diferente más adelante, por el momento, sigue practicando, ¿ok?, te vuelvo a decir, tu caso es único entre un millón o más. Yo en tu posición me sentiría orgulloso, pero no es mi caso. Mira, ya pronto estarás listo y más pronto de lo que te imaginas vas a poder acercarte a ella, por el momento sigue practicando y lo lograrás.

Nuestro buen amigo siguió practicando durante un buen tiempo para lograr controlar sus energías. Él quería acercarse a Denis, claro que lo deseaba, y a la vez no quería que le afectará poder acercarse. Solo le tomó un tiempo más y logró controlar todo eso que llamaban energías y el señor Mercurio se lo hizo saber.

—Ya estás listo, Meni, veo que has logrado controlar tus energías y podrás controlarte cuando la veas a ella. Aquí lo importante es que controles tus nervios porque podrían causar que pierdas el equilibrio, te repito, ya estás listo.

—¿Está seguro de que estoy listo? ¿De verdad eso es lo que cree?

—No lo creo, lo veo, has trabajado mucho en esto y con mucha dedicación, no lo dudes, ya estás listo. Solo relájate cuando la veas para que tus nervios no te traicionen y acércate a ella sin ningún temor, aquí lo importante es que ya estás listo.

—Espero ya estar listo, solo de pensar en lo que me sucedió la última vez que me la encontré me da hasta vergüenza.

—No lo dudes, créeme que ya te enseñé todo lo que puedo enseñarte. Te repito, solo controla tus nervios y acércate a ella sin ningún temor, bésala si así ella lo desea. Vamos muchacho, ánimo, sé que lo lograrás y dale un giro a esas vidas que tienen tú y ella, solo hazlo y que a partir de hoy tu futuro sea diferente y recuerda, no pierdas el equilibrio, has que tu sueño se vuelva realidad. Por mi parte, yo estaré aquí siempre si en algo me necesitas, solo tienes que regresar y lo resolveremos.

—Gracias y voy a ir a visitarla, créame que lo haré con toda la confianza del mundo, se lo aseguro, voy dispuesto a cambiar el curso de estas vidas. No me rendiré tan fácilmente.

—Ese es mi muchacho, sabes, siempre te recordaré como la persona especial que eres y por ser un caso único. Vive desde hoy tu vida tranquilamente y esperemos que todo esto te favorezca, que las energías lleguen a ella sin ningún problema y así puedan ser absorbidas por ella misma para que ustedes dos vuelvan a ser lo que una vez fueron en otra vida y que ahora sea una gran felicidad y la vivan sin ningún problema.

Nuestro amigo Meni, sin pensarlo, se fue directamente al lugar donde se reunían cada semana sus amigos y Denis. Era como un sueño hecho realidad, poder estar junto a ella sin que nada le sucediera. Casi lloraba de la emoción, de solo pensar que ya no le sucedería lo mismo, y llegó al lugar y ya junto a la puerta:—Estoy listo, solo tranquilízate, Manuel, y pon en práctica todo lo que aprendiste. Ahora relájate y toca esa puerta.

—Hola, Meni —lo saludaron los amigos al verlo llegar—, qué milagro que vienes por acá; muchachos, vean quién llegó, y parece que ahora no trae dolor de estómago, véanlo, se ve bien. Esto sí es una sorpresa. Pero si es nuestro gran amigo Manuel, y véanlo qué bien se ve, no lo puedo creer. Le tomó un poco de tiempo rehabilitarse para poder venir a este lugar. —No fue rehabilitación —dijo otro—, se estuvo preparando más en la música para hacer más canciones y poder tocarlas a la perfección. —No, amigos, yo creo que tomó unas vacaciones y se fue a la playa. El único problema es que no nos invitó, qué mala onda, y yo con este cuerpo de lagartija caminando en calzones en la playa me vería bien.

—Para mí que el Meni se juntó con una mujer y ahora esa persona se convirtió en su domadora y no lo dejaba salir a ningún lado y menos a este lugar, donde solo nos reunimos una bola de locos.

Cada una de esas personas tenía una opinión diferente sin saber por lo que este hombre estaba pasando en realidad. Solo se imaginaban cosas, pero nadie que pudiera saber la realidad podría entender lo que a él le sucedía, eso era algo bastante fuera de lo normal. En ese momento el Primo se acercó y lo saludó.

—Hola, Meni, te hemos extrañado, cuánto tiempo sin verte, nos da gusto que estés de regreso, ¿qué has hecho todo este tiempo?, cuéntanos.

—Gracias por recibirme —les respondió Meni al Primo y a los demás—, les agradezco y estoy de regreso, eso es todo y espero seguir con ustedes un buen tiempo, solo me di unas vacaciones. Pero estoy bien y con más música que nunca.

En ese momento apareció Denis, la miró tranquilamente, respiraba profundo, tratando de que sus nervios no lo traicionaran; le extendió la mano para saludarla, la volvió a mirar fijamente a los ojos esperando que las energías se le pasaran a ella también.

—Hola, Meni, hasta que volviste, déjame adivinar, hoy no te sientes mal del estómago. Ni vas a salir corriendo o a gritar "auxilio", no vas a hacer nada de eso, ¿verdad?

—No, me acabo de tomar un antidiarreico, ya no más baño, solo cuando lo necesite y ya fui con un psicólogo y me dio terapia para no volver a gritar en los elevadores cuando no funcionen y se queden a medio piso. En el pasado me sucedieron cosas, pero estoy bien y quiero convivir con todos ustedes, hoy me siento de maravilla y me da gusto verlos a todos.

—Veo que te sientes muy bien, ¿te puedo dar un abrazo? La última vez que te vi y te abracé sentí algo muy rico, pero tú estabas espantado por el elevador y, aquí entre nos, sentí algo muy rico al abrazarte, una sensación muy hermosa. ¿Te puedo volver a abrazar? —Sí, adelante, dame un abrazo, de hecho, yo quiero darte también un abrazo. Adelante, hagámoslo.

Ella lo abrazó con ganas de no soltarlo, sentía una sensación muy agradable. Esa chispa de energía que estaba en ella se fundió al momento de tocarla. Solo era una milésima parte de la energía que ella había absorbido y se lo dijo:

—Siento algo que no puedo explicar, no sé si tú lo sientas, pero yo sí. ¿Qué será? Y no estoy enamorada de ti, solo siento algo muy agradable.

—También lo siento, a lo mejor no como tú, pero me gusta y no creo que estés enamorada de mí y si así fuera también yo me enamoraría de ti.

—Eres un tontito, ¿sabes? —le dijo Denis—, pero eres muy agradable, déjame volver a abrazarte. Esto es superagradable de verdad, no puedo explicarlo. Pero me gusta, ¿será tu perfume?, no lo creo, pero esto está agradable y muy rico.

—Aprovechando tu buena voluntad —respondió Meni—, quisiera platicar un día de estos contigo. ¿Qué te parece si hacemos una cita y salimos a comer y así platicar?, tengo muchas ganas de hacerte saber cosas que te pueden interesar, anímate.

—Está bien, podemos ir y platicar, mientras dejes que te abrace no hay ningún problema, hagamos una cita. ¿Sabes que me encanta la comida italiana?, invítame y con gusto voy.

—Claro, vamos a comer lo que tú quieras y, por cierto, a mí también me gusta la comida italiana.

—Muy bien, hagamos la cita, dentro de tres días, ¿te parece?, para ese día me desocupo de algunas cosas y lo tengo libre y tendremos un buen tiempo para platicar.

—Me parece bien, está perfecto, dentro de tres días estaremos teniendo una buena plática y una buena comida italiana, te voy a sorprender, Denis.

—¿De verdad?, yo también tengo muchas anécdotas que contarte. Te vas a sorprender de la cantidad de cosas que me han pasado y bien, por el momento, volvamos a convivir porque la noche es joven y hay que vivirla.

—Tienes razón, vamos a convivir, que este día es como si hubiese vuelto a nacer y no se te olvide que tenemos una cita dentro de tres días.

—No se me va a olvidar, busca ese restaurante italiano para ir a cenar y me gusta una mesa que esté junto a la ventana.

—No lo olvidaré, ¿algo más que te guste?

—Sí, cuando te abrace también tú abrázame, eso me está gustando mucho y conserva esa sonrisa, se te ve muy bien.

Él estaba más que contento, parecía que su vida se estaba acomodando, volviendo una realidad su sueño de normalidad. Pero no era así, estaba completamente equivocado, cometería un gran error. Al decirle a Denis lo que estaba pasando en sus vidas ella no lo entendería. Sus energías no lo permitirían. La verdadera mujer de su pasado no se encontraba con Denis, por lo tanto ella no podía entenderlo, fue un gran error y esto fue lo que pasó el día de su cita:—Hola, Meni —lo saludó Denis—, mejor dicho, Manuel, cada día te veo más guapo. Toma asiento, creo que eres muy puntual.

—Gracias, y yo a ti te veo más hermosa y creo que mis ojos no son dignos de ver tal hermosura y con ese vestido te veo mucho más bella.

—Manuel, no exageres, pero me da gusto que estemos juntos en este lugar. Sin que nada nos interrumpa y sin que salgas corriendo. Cuéntame, ¿les tienes miedo a los elevadores? ¿Te dan pánico o es la oscuridad la que te da miedo? En fin. Por mi lado, yo sentí una sensación muy rica y muy agradable al abrazarte.

Algo fuera de lo normal. Pero dime, creo que tienes mucho que contarme, me agradas.

Eres músico, cantas bien y tocas la guitarra, eres guapo. Solo falta que un día me enamore de ti, pero cuéntame, quiero escucharte.

—Es un poco difícil de entender lo que te quiero comentar o decir y creo que es también un poco sacado de onda, fuera de lo normal, pero me siento obligado a decírtelo.

—Es algo muy importante para ti por lo que estoy escuchando.

—Lo es —dijo Meni—, y créeme que es fuera de serie, pudiera decirse hasta increíble e insólito.

—No me digas, ya me imagino, tuviste contacto con un extraterrestre. Eso sí sería fuera de este mundo y todo lo demás pertenece a este planeta.

—No, nada de eso, no tiene que ver con extraterrestres, ojalá hubiera sido eso y mi vida sería más fácil.

—De verdad creo que algo te está pasando, pero cuéntame eso que no te deja dormir y a lo mejor yo puedo ayudarte mientras disfruto de esta buena cena que está muy sabrosa.

—Me es muy difícil decírtelo, pero te lo voy a contar. Todo comienza hace tiempo, cuando nos conocimos, el día en que por primera vez te vi empecé a sentir algo muy raro, así como tú sientes al abrazarme algo que no puedes explicar. Yo pensé que con el tiempo se me pasaría, pero no fue así y mis amigos de ese lugar me llevaron a ver a un psíquico o algo parecido. Me dijo algo que a la fecha se me hace difícil de creer.

—¿Qué fue lo que te dijo?, déjame adivinar, te dijo que tú y yo nos enamoraríamos y terminaríamos casándonos, procreando dos hijos y les daríamos los siguientes nombres: el niño se llamaría Giovanni y la niña se llamaría Bella; oye, eso está fenomenal, parte de este planeta.

En efecto, Denis había mencionado sin querer los nombres que ellos tenían en el pasado. Esa chispa de energía que ya existía en ella, pero que no podía desenvolverse completamente en ella. Él continuó con su relato:

—Me dijo algo más difícil de entender, que a la fecha yo no puedo comprender ni aun con todo lo que me ha sucedido.

—Dime qué tan difícil de entender pudiera ser …

—¿Quieres que te lo diga así sin anestesia?

—Sí, dímelo, adelante.

—Bien, me dijo de una historia en la cual estamos involucrados tú y yo y es lo siguiente: que tú y yo tuvimos otra vida, que nos amamos mucho, estuvimos casados y que por cierto nos casamos en un lugar muy pequeño, pero a la vez muy bonito y todo se debe a que nuestros familiares no aprobaban nuestra relación por diferencias sociales, pero en muy poco tiempo tú enfermaste y falleciste, fue en ese momento cuando nos declaramos amor eterno, entonces nuestras energías se unieron, pero a la vez se separaron y al día de hoy el único que las tiene soy yo, esto que te estoy diciendo es difícil de creer.

La mujer dejó de comer, lo miró fijamente a los ojos y le dijo:—¿Y tú le creíste tal basura a ese estafador?, que no debe de tener escrúpulos para sacarles dinero a las personas, creo que quien aquí está muy mal eres tú.

No puedes creer todo lo que ese tipo de personas te dice, yo no creo que tengamos otra vida ni nada parecido.

—Es verdad, al principio yo pensaba como tú, no creía nada, pero me han pasado varias cosas que son difíciles de entender y me han llevado al punto de creer que eso es una verdad, tú y yo estuvimos juntos en otra vida.

—No puedo creer tal cosa, creo que eres demasiado mentiroso y eso no me está gustando nada, no puedo creerte nada de lo que me estás diciendo, esto es lo más tonto que he escuchado en mi vida.

—De verdad, no te estoy mintiendo, yo puedo comprobarte todo lo que te acabo de decir.

—Oh, sí, claro, ¿y cómo me lo vas a comprobar?, ¿me vas a llevar a visitar al psíquico estafador?, eso sería para ti comprobar tal mentira, ni siquiera lo pienses, no iría con ese hombre ni en un millón de años.

—Si solo me dejaras comprobarte que tenemos unas energías comunes tú y yo, pero las energías que deben estar contigo por alguna razón que yo desconozco no pueden llegar a ti.

—Basta, Manuel —lo interrumpió Denis—, es suficiente, no quiero seguir escuchando tales mentiras. No tenemos otra vida después de la muerte y energías todos tenemos, tú tienes las tuyas y yo tengo las mías.

—Sí, pero estas son diferentes, no son como tú las crees, nuestras energías vienen de tiempo atrás y lograron permanecer hasta este tiempo.

—Tiempo es el que ya no te voy a dar, he escuchado bastante y todo esto es absurdo, me equivoqué contigo. Te creí más inteligente, me acabas de contar el cuento más tonto que haya escuchado en mi vida y mira, soy una mujer comprometida, en un par de semanas me voy a casar.

Amo a mi pareja y lo amo de verdad y no tuvimos una vida pasada, esto no es un cuento de hadas, ¿ok?, me voy de este lugar y de tu compañía. Algún día tal vez volvamos a platicar, cuando no me traigas un cuento. Entonces tendremos una plática como dos personas razonables y sin cuentos inventados. Te dejo, es mejor que me vaya. Sigue en tu mundo de fantasía.

—Por favor, no te vayas, créeme, te estoy diciendo la verdad. Nada de esto lo he inventado, solo quédate conmigo, ya no te voy a decir más cosas de estas, pero no te vayas. Está bien, ya te fuiste, bueno, no está bien, pero ya te fuiste y lo peor es que te vas a casar. No es posible, y yo que pensé que al decirte esto te casarías conmigo o por lo menos podría besarte apasionadamente, así como en las novelas o en las películas de amor que siempre tienen un final feliz, pero ya te fuiste, ahora que había podido controlar estas estúpidas energías que casi me vuelven loco, salía corriendo que parecía que se estaba acabando el mundo, ¿por qué me tiene que pasar esto a mí? ¿Por qué no soy normal como cualquier persona?, ¿es que acaso yo pedí vivir un pasado en otro tiempo? ¿Y qué va a pasar en otra vida? ¿La voy a andar correteando como el gato al ratón?, ¿o será diferente y ahora ella me va a andar persiguiendo como si se fuera a cazar un venado?

No, nada de eso va pasar, nos vamos a encontrar dentro de 500 años y en lugar de estar en la iglesia un sacerdote, va a estar un marciano y nos dirá: "Yo los declaro marciano y mujer, y después de mil años de amarse, este amor es único en el universo y sigan amándose hasta la eternidad". O posiblemente, para ese entonces, en lugar de ser humano voy a vivir como árbol y cuando me corten y me hagan leña se encenderá el fuego de mi pasión y todos dirán: "Esta fogata tiene mucho amor", y Denis estará allí y también dirá: "Este fuego está hermoso y siento una cosa tan bella que parece que me está calentando hasta el alma. Debe ser Meni y su gran fuego de pasión que me hace sentir hermosa y qué tristeza que no lo pueda abrazar".

Él se fue pensando un sinfín de cosas, con su corazón completamente devastado, sabiendo que Denis se casaría y él no era el afortunado, y aunque fue invitado a la boda no asistió; sin embargo, tomó una decisión muy difícil para él: irse de la ciudad y no regresar jamás, otro trago amargo más en su vida porque sabía que muy probablemente no volvería a ver a Denis.

Fue a ver a sus dos mejores amigos, el Primo y Zares, solamente a ellos quería comentarles de su partida de esa ciudad.

—Esto es una gran sorpresa, Meni —le dijo el Primo—, te vas de la ciudad, ¿a dónde vas a ir?, me imagino que ya tienes a dónde llegar.

—Sí, lo tengo todo planeado, eso espero, todo me saldrá bien, al parecer ya tengo trabajo en el lugar donde voy a estar y también donde vivir.

—Pero, ¿por qué te vas si aquí tienes trabajo? —le preguntó Zares—, la ciudad es muy segura, ganas buen dinero y creo que estás bien económicamente y sin ningún aviso tomas esta decisión, no lo puedo entender.

—Quisiera decirles, pero créanme que no lo entenderían y no puedo comentárselo a nadie, esto es muy delicado y quiero guardarlo solo para mí. Quizás algún día se los diré, eso creo.

—En verdad debe ser muy delicado para no poder contarlo a nadie —le respondió el Primo—. Ni siquiera a nosotros, que somos tus mejores amigos.

—Esto que me pasa —le dijo Meni— es difícil de entender y no quiero decírselo a nadie. Es mejor guardarlo, solamente yo sé qué es lo que pasa.

—Está bien —contestó Zares—, no te vamos a presionar, si no lo quieres hacer, está bien. Solo tú sabes de tu sentir y lo que está pasándote.

—Te deseamos lo mejor en tu vida —dijo el Primo—, recuerda que siempre puedes contar con nosotros, sea lo que sea que estés sintiendo o esté pasando en tu vida. Siempre seremos tus amigos.

—Se los agradezco y estaré en contacto con ustedes.

—Una última pregunta —intervino Zares—, ¿tiene que ver todo esto con Denis? Se murmura entre los compañeros músicos, poetas y locos que tú estás enamorado de ella y por tal motivo no fuiste a su boda.

—No tiene nada que ver con ella, las murmuraciones tienen que ver con la imaginación, me quiero ir de esta ciudad por otra razón y no por Denis. Despídanme de todos y denles un abrazo de mi parte y solamente díganles que me fui, no creo que les importe mucho que un músico compositor y loco se haya ido. Se quedan varios iguales o tal vez mejores, a todos les deseo lo mejor y siempre los recordaré como buenas personas.

—Lo haremos de tu parte y nuestros mejores deseos son para ti —le dijo el Primo—. Esperemos que logres triunfar en esa nueva ciudad y que todas tus metas se cumplan. Cuídate mucho y sé siempre una buena persona, que Dios te bendiga.

Meni abordó el camión hacia su nuevo destino, mientras lloraba en silencio, después de haber pasado por algo tan difícil y luchar por esa persona y hacer lo posible para al menos acercarse. Lloró durante días, sabía que no regresaría a esa ciudad y que tal vez no volvería a ver a esa mujer, el pensar que ya estaba casada disfrutando de un matrimonio, para él era horrible, no podía aceptar que ella estuviera con alguien más; por parte de Denis, todo el tiempo pensaba en él, se soñaba con él en una vida pasada, pero ella lo consideraba algo normal, sus energías no eran suficientes para poder verlo como la persona que vivió con ella en el pasado. Y así estuvo casada por muchos años y aunque no amaba lo suficiente a su marido decidió vivir con él aunque fuera con poco amor. Cuando en ocasiones se encontraba teniendo sexo con su pareja, en algunos momentos lograba ver la cara de Meni, eso le causaba cierta incomodidad y a la vez lo consideraba algo normal. Nuestro amigo Meni, con el tiempo también se casó e hizo una vida con otra mujer, a la cual él tampoco amaba, pero así permaneció con ella por mucho tiempo. Las imágenes que él veía y que también soñaba le causaban mucha alegría, para él era algo hermoso y que ya había aceptado en su vida que no sucedería. Solo siguió viviendo su vida aparentemente normal.

Después de años de casado, y por falta de amor hacia su pareja, se divorció. Ya siendo un hombre entrado en años y enfermo del corazón, un día acudió a su cita médica y cuando caminaba por la calle vio una banca y decidió descansar un poco. Ya sentado en ese lugar vio que se encontraba una mujer aproximadamente de su misma edad, pero vaya sorpresa: era Denis. Solo tardaron un momento en reconocerse, se quedaron viéndose a los ojos y hablaron:

—No puede ser, ¿eres tú, Denis, de verdad eres tú?

—Sí, soy yo y tú eres Manuel, pero mírate, hombre, cómo has cambiado. Bueno, cómo hemos cambiado. ¿Y dónde está ese hombre guapo, con esos ojos de pestañas chinas tocando con su guitarra?, no es posible que seas tú, no puedo creerlo.

—Sí, mujer, soy yo, Meni. Cómo han pasado los años, tú también te ves muy diferente, pero sigues siendo hermosa, muy hermosa.

—Gracias, tú también te miras muy guapo, aunque los años hayan pasado por nosotros.

Mientras ellos hablaban, las energías se empezaron a activar, a pasarse a ella, sentía una sensación rara e incómoda.

—Noto que estás sudando —le dijo entonces Meni—, ¿te pasa algo o solo tienes mucho calor?

—Sí, debe de ser el calor —respondió Denis—, solo debe de ser eso, no creo que tenga importancia. Pero cuéntame qué has hecho todos estos años, me imagino que estás casado, ¿tienes hijos? Posiblemente hasta tienes nietos.

—Estuve casado y hace pocos años me divorcié y sí tengo hijos. Por cierto, soy abuelo de un par de nietos muy hermosos por parte de una de mis hijas y actualmente vivo solo, ¿y tú? cuéntame que has hecho con tu vida, ¿sigues casada?—No, también me divorcié, mi matrimonio término muy mal y también vivo sola; tuve más hijos con mi expareja, desde luego tengo nietos y yo creo que a mis años ya no me volvería a casar o tal vez sí. Yo creo que lo más seguro es que no. Pero hay una cosa que es segura, sigo creyendo en el amor.

Mientras más pasaba el tiempo hablando con Meni, las energías de ella se apoderaban más de su cuerpo y su mente, eso hizo que se sintiera más y más incómoda.

—Yo pienso lo mismo del amor y creo que es lo único bueno en esta Tierra.

—Claro, el amor es algo muy hermoso. Pero, qué calor siento, estoy sudando, mira, y tú tan fresco, por cierto, esto es tan raro, me siento un poco incómoda, espero que solo sea el calor. Y hay algo extraño que me sucedió contigo: durante todos los años que estuve casada te soñé muy frecuentemente en otra vida, cuando tenía sexo con mi expareja, en algunas ocasiones vi tu cara en él. Lo curioso es que nunca dejé de pensar en ti y sobre todo, el día que alucinaste diciéndome tantas tonterías, discúlpame. Ya no me vas a decir cosas, como en aquellos días, ¿verdad que ya no lo vas a hacer?—No, ya no lo voy a hacer, pero si llegas a cambiar de opinión y quieres que lo haga, lo haré.

—No lo vas a hacer porque ya estoy vieja y ya no te gusto como creo que antes te gustaba.

—Claro que me gustas y aún más que en el pasado, eres hermosa, mírate, y yo creo que aún más hermosa hoy.

—¿De verdad te sigo gustando?—Sí, me gustas mucho, eres como una princesa, solo falta que te cases conmigo para que seas mi reina.

—¿De verdad te casarías conmigo? Después de tantos años de conocernos y aun cuando te menosprecié aquel día.

—Te estoy hablando con la verdad, esto es lo que he deseado toda mi vida. Casarme contigo sería mi sueño hecho realidad, por fin tú y yo juntos, qué más podría pedirle a la vida, ven, déjame besarte.

Por fin esa chispa de amor se transformaría en fuego. El pasado, el presente, se juntarían, traerían el amor y a la vez tristeza, ya que parte de las energías de ella lo habían ayudado a él a mantenerse con vida y al ya no tenerlas se debilitaría y así pondría en riesgo su propia vida. Y mientras se besaban, Denis empezó a ver su vida pasada, era algo impresionante y sentía el amor verdadero, no podía explicarlo.

—Mientras nos besábamos vi una vida pasada y tú estabas allí —le dijo Denis—, esas escenas son parte de mis sueños, los que he tenido casi toda mi vida, pero en este momento las he visto como si yo estuviera viviéndolas actualmente, qué cosa tan rara.

—Esto es algo que hace mucho tiempo atrás yo quise explicarte, pero ven, dame tus manos, cierra tus ojos y viajemos en el tiempo y podrás comprenderlo.

Se tomaron de las manos y por primera vez se vieron juntos en el pasado. Era algo maravilloso. Las energías se juntaron y se transformaron en una sola y el verdadero amor brotó como una fuente imparable, ella estaba comprendiendo lo que él le había dicho en el pasado, pero tenía sus dudas.

—Es algo inexplicable lo que me acaba de suceder, siento amor por ti —dijo entonces Denis—. Te necesito, no lo sé, solo sé que te necesito en mi vida. Pero no lo puedo comprender, esto es más que una atracción, acabo de ver una vida pasada como si la estuviéramos viviendo juntos ahora, ¿qué está pasando, Meni?

—Después de varias décadas te vuelvo a decir lo mismo que te dije. Tú y yo vivimos una vida pasada, lo que acabas de ver es lo que vivimos y ahora sientes amor por mí y es porque tus energías pasadas acaban de entrar en ti. Por alguna razón que yo desconozco tus energías no podían estar en ti, pero hoy entraron y no se van a apartar de ti jamás. Mis energías entraron en mí hace mucho tiempo, creo que fue el día que nos conocimos, ¿recuerdas cuando te encontré en el elevador?—Sí lo recuerdo, que gritaste "auxilio", te descontrolaste demasiado.

—Sí, eso pasó, pero en realidad lo que me sucedió es que parecía como si me estuviera electrocutando, eran dos energías chocando en un solo cuerpo. Fue una experiencia horrible.

—No sé qué decir, pero me imagino que tuvo que ser algo grotesco para ti y ahora lo que siento es algo único, no puedo explicar lo que acabo de ver. Son los sueños que he tenido durante muchos años, pero ahora son reales. Los vi tan claros como si yo estuviera allí, no puedo creer lo que está pasando. Siento lo que nunca he sentido, es algo hermoso, no lo puedo explicar, dime, ¿tú sientes lo mismo?—Yo pasé por los momentos más feos que pude pasar en mi vida.

—Cuéntame lo que te sucedía —pidió Denis.

—Creo que lo más difícil fue lo del elevador y no podía acercarme a ti porque empezaba a ver nuestras vidas pasadas, era una película que pasaba una y otra vez en mi cabeza y tocarte era como poner dos cables en positivo. Pero el amor que sentí por ti me hizo soportar y buscar ayuda.

—¿Qué tipo de ayuda buscaste? Me comentaste que fuiste con un psíquico.

—Sí, fui con un psíquico y no le creí nada de lo que me dijo, creo que hasta lo ofendí.

—¿De verdad ofendiste a ese hombre?, creo que yo hubiera hecho lo mismo.

—Creo que sí lo hice, pero todo lo que me dijo con el tiempo se cumplió. En aquel entonces yo no creía lo que me estaba diciendo y lo ofendí. Y después fui con otra persona a que me ayudara a controlar mis energías, el Primo me lo recomendó.

—¡¿En serio el Primo te lo recomendó?! ¿Y qué hiciste?—Fui con esa persona —le contó Meni— y me enseñó cómo controlar mis energías. Solo me tomó un tiempo y lo logré. Cuando creí estar listo hice la cita contigo y ya sabes lo que pasó.

—Sí, me acuerdo, te pido me disculpes, eso que me dijiste no lo creí y ahorita tengo mis dudas. Es verdad, lo que siento es algo hermoso en este momento, pero en realidad no puedo creer todo esto que está sucediendo.

—Con el tiempo lo comprenderás y será tan claro como el agua, lo importante es que tus energías ya están en ti y lo demás es cosa del tiempo.

—Qué difícil debió de ser para ti cargar con todo esto tú solo. Tratar de decírselo a alguien y que nadie te creyera, yo misma te tomé como un mentiroso y hasta llegué a pensar que estabas drogado. Me molestó tanto lo que me dijiste aquel día y créeme que todavía no puedo comprender que tengamos otra vida después de la muerte y que recordemos la vida pasada. Sin embargo, lo que estoy pasando en este momento es algo increíble. Simplemente quisiera volver a llamarte mentiroso, pero lo que siento es una fuerza increíble que pudiera gritar "te amo".

Esa vida pasada que acabo de ver tan claramente no puede estar pasando, lo veo y no lo creo. Cómo es posible que no me di la oportunidad de comprobar todo esto. Lo hubiera hecho y nuestras vidas estarían unidas hasta el día de hoy. Ven, bésame otra vez, quiero sentir más de esto tan hermoso.

Esto era el principio y el final, que allí comenzaría.

—No quiero que te apartes de mí, quédate conmigo —le dijo Denis a Meni.

—Claro que no me quiero ir, también quiero quedarme contigo, esto es lo que hace mucho tiempo anhelé y no quiero que nos separemos. Por fin te encontré.

—Ya es tarde. Mi casa está cerca de aquí, vamos, te invito a ir y te prepararé una buena cena, ¿qué te parece?

—Claro, vamos —aceptó Meni—, contigo voy hasta el fin del mundo y si se puede más allá también iría.

—¿No tenías algo que hacer?

—Sí, pero no tiene importancia, aquí lo importante eres tú y solamente tú.

Aceptó ir a la casa de ella, se sentía un poco débil a causa de su corazón enfermo, pero permaneció callado y no dijo nada.

—Mira, esta es mi casa —le dijo Denis al llegar—, ¿qué te parece? No me digas que está fea.

—Muy bonita y la mantienes limpia, eso me agrada.

—¿Te acuerdas del día que nos citamos a comer? Yo traía este vestido y aún lo conservo en muy buenas condiciones.

—¿De verdad?, no recuerdo qué traías puesto.

—Este era el vestido, lo conservé todos estos años. Me lo voy a poner para que me digas cómo me veo, ¿está bien?

—De acuerdo, quiero ver cómo te luce hoy.

—Mira, ¿cómo me veo, te gusta? Yo sé que han pasado muchos años, pero creo que todavía me veo bien.

—Te ves hermosa, muy hermosa —dijo Meni—, y yo creo que eso nunca va cambiar.

—Por alguna razón que no sé conservé este vestido.

—Se conserva bonito, así como tú conservas tu hermosura.

—Esto que nos está pasando es todo un sueño hecho realidad. Espero que con el tiempo pueda entender más, tanto como tú.

—Todo a su debido tiempo, lo principal ya está hecho y no va a retroceder. Solo seguirá su curso y nada lo podrá cambiar.

—Ven, acércate —dijo Denis—, bésame y hagamos el amor, créeme que lo deseo tanto como no lo imaginas.

Se entregaron al amor, una pasión única, esas dos energías se fundieron en una sola. Esas almas perdidas por fin se encontraron, lograron hacer el amor intensamente, como dos jovencitos. Se miraban a la cara y se decían "te amo", cerraban sus ojos y viajaban a su pasado, era tanta la energía que brotaba de ellos, como dos lámparas encendidas, que lograron ver sus rostros llenos de luz y de juventud. Juntando el pasado y el presente, lo que parecía imposible, ya era posible en ese momento.

—Giovanni, soy tu Bella del pasado y te amo eternamente.

—Eres mi Bella del pasado y también de mi presente y siempre lo serás.

—Cuando cerré y luego abrí mis ojos —dijo ella— había una luz muy bonita en ti y a la vez eras joven en ese momento.

—También la vi y logré verte joven, esta es una experiencia única. Quisiera que nunca se acabara, lo deseo de todo corazón.

—Esto no se va acabar, es el principio de nuestras vidas, nos pertenecemos y este amor es infinito y va más allá del entendimiento humano.

—Tú y yo nos hemos pertenecido por siglos y así seguiremos por toda la eternidad.

—Abrázame, quiero seguir sintiendo esto que nunca había sentido y dormirme entre tus brazos.

Mientras ella dormía, él tomó una pluma y papel y comenzó a escribir despidiéndose de ella. Sentía que su corazón ya no podía más, casi estaba seguro de que no lograría vivir hasta la mañana siguiente y así fue, ya no despertó; el destino, la vida o la muerte se encapricharon contra ellos y por segunda vez les impidieron continuar juntos. Se había consumado su amor solo por un momento. Y ahora era Meni el que la había abandonado. Cuando Denis despertó a la mañana siguiente lo encontró muerto y con una carta entre las manos.

—Qué luz tan hermosa está entrando por la ventana, la veo todos los días y no me había dado cuenta de que se ve tan hermosa. Pero creo que no me escuchas y sigues dormido, eres un dormilón, mira la hora que es y estamos acostados. Meni, despierta ya, que es tarde, levántate, dormilón. Te voy a preparar un desayuno muy rico, ándale, despierta.

Ella lo empezó a mover, pero él ya no despertaría, la muerte había triunfado una vez más.

—Me estás asustando, por favor, despierta, ¿qué te pasa?, Dios, estás frío. Amor, ¿qué te sucede?, por favor reacciona.

Mientras lo movía y se lamentaba vio la nota que le había dejado.

—¿Qué es esto? ¿Lo escribiste tú?, sí, creo que sí, ¿y en qué momento lo hiciste? Yo me quedé profundamente dormida y mira, son tus últimas palabras que me estás dejando.

"Si estás leyendo esta nota significa que ya no estoy, se me hace muy injusta esta partida, pero así es, yo no lo decidí, la muerte lo decidió por mí. No quise decirte, pero desde hace tiempo tuve problemas con el corazón y algo pasó ayer cuando tú y yo nos encontramos, me debilite bastante, pensé que se me pasaría, pero no fue así. Esto que nos sucedió fue algo único, el psíquico me dijo que no íbamos a poder estar juntos en esta vida, se equivocó, no fue así, logramos estar juntos aunque fue por un momento, pero fue lo más hermoso de mis dos vidas. Cuando era un jovencito trataba de comprender todo esto. Me llevó unos años, pero lo logré, pasé por momentos muy difíciles y logré superarlos, lo último que hice cuando me dijiste que te casarías fue resignarme y moverme de ciudad. Todo lo que pasé lo volvería a pasar si fuera necesario y lo haría por ti. Nuestras almas, nuestras energías, se pertenecen desde hace siglos y son una sola desde que juramos amarnos. Nuestras almas sabían lo que la mente no logra comprender, tú eres mi aliento, mi vida, mi amor y mi alma gemela, significas mucho, ¿volveremos a vivir otra vida? Claro, y no dudes de que yo mismo te buscaré y te encontraré cueste lo que cueste. Te encontraré, para amarte eternamente, solo por un momento estarás sola. Esto es temporal, en nuestra vida pasada tú me abandonaste por la misma razón que hoy te estoy dejando, y te dejo las palabras que tú me dejaste en el pasado y que aun después de siglos las guardé en mi corazón. SIEMPRE TE AMARÉ".

—El poco o mucho tiempo que me quede de vida te estaré amando y también en la próxima vida te buscaré y quizás sea ahora yo la que te encuentre primero —dijo Denis después de leer la nota—. Te buscaré incansablemente, ahora ese será mi gran reto. Porque ya no tengo duda de nuestras vidas pasadas, a la vez te doy gracias por abrirme los ojos, perdóname por no creerte cuando tú me quisiste decir lo que estaba pasando entre tú y yo. Me imagino lo difícil que fue para ti enfrentar las cosas tú solo sin que nadie te pudiera creer y al no poder más con esa carga optaste por irte de la ciudad. Fuiste todo un guerrero luchando por mí aun sintiendo por dentro algo terrible. Aun con todo eso tratabas de acercarte a mí. Fuiste un gran hombre y yo una tonta al no darme la oportunidad de comprobar lo que tú me decías, en aquel entonces no pude amar a mi marido. Te tenía a ti en mis sueños y aun despierta te llegaba a ver, ¿por qué esto tuvo que ser así? Hace siglos duraron muy poco nuestras vidas juntas y hoy en el presente solo duró unas horas nuestro encuentro, no sé si sea en otra vida o en la eternidad, solo sé que te encontraré y SIEMPRE TE AMARÉ.

Ella vivió unos años más. Algunas veces se lamentaba por no haberse dado la oportunidad y otras veces solo trataba de aceptarlo. Visitaba con frecuencia a un psíquico, él la ayudaba a entender más su situación. Logró ver gran parte de su vida pasada y de esa manera cambió mucho su forma de vivir. La gente y sus hijos lo empezaron a notar, no comentaba nada a nadie de lo sucedido, se imaginaba que nadie le creería, hasta en su forma de preparar sus alimentos había cambiado: empezó a guisar muy diferente. Sus hijos le preguntaban que en dónde había aprendido a cocinar de esa manera. Solo les contestaba: "Sé hacerlo". Años después ella murió, no les puedo decir mucho de ella o casi nada. Quizás se encontró con Meni en la eternidad o serán dos almas o dos energías buscándose todavía, no lo sé, solo sé que hay una cosa segura, el amor es infinito y nunca muere. En la eternidad o en otra vida siempre existirá.

www.ingramcontent.com/pod-product-compliance
Ingram Content Group UK Ltd.
Pitfield, Milton Keynes, MK11 3LW, UK
UKHW041943230426
12048UKWH00008B/104